Sofi Paints Her Dreams
Sofi pinta sus sueños

By / Por
Raquel M. Ortiz

Illustrations by / Ilustraciones de
Roberta Collier–Morales

PIÑATA BOOKS

Piñata Books
Arte Público Press
Houston, Texas

Publication of *Sofi Paints Her Dreams* is funded by grants from the Clayton Fund, Inc. We are grateful for their support.

Esta edición de *Sofi pinta sus sueños* ha sido subvencionada por la Clayton Fund, Inc. Le agradecemos su apoyo.

The author is donating a part of the royalties from this book to the Fair Trade Winds Team. To learn more about their work with local artisans in Haiti visit https://www.fairtradewinds.net/our-story/

El autor donará parte de las regalías de este libro al equipo de Fair Trade Winds. Para más información sobre su trabajo con los artesanos locales en Haití visite https://www.fairtradewinds.net/our-story/

Piñata Books are full of surprises!
¡Piñata Books están llenos de sorpresas!

Piñata Books
An Imprint of Arte Público Press
University of Houston
4902 Gulf Fwy, Bldg 19, Rm 100
Houston, Texas 77204-2004

Cover design by / Diseño de la portada por Bryan Dechter

Names: Ortiz, Raquel M., author. | Morales, Roberta Collier, illustrator.
Title: Sofi Paints her Dreams / by Raquel M. Ortiz ; illustration by Roberta Collier Morales = Sofi pinta sus sueños / por Raquel M. Ortiz ; ilustraciones de Roberta Collier Morales. Other titles: Sofi pinta sus sueños
Description: Houston, TX : Piñata Books, an imprint of Arte Público Press, [2019] | Summary: After a bad school day, Sofi is transported from a New York City community garden to the Dominican Republic and Haiti, and helps composer Juan Luis and artist Guerlande. | In English and Spanish.
Identifiers: LCCN 2018035116 (print) | LCCN 2018040863 (ebook) | ISBN 9781518505805 (pdf) | ISBN 9781558858831 (alk. paper)
Subjects: | CYAC: Space and time—Fiction. | Composers—Fiction. | Artists—Fiction. | San Pedro de Macorís (Dominican Republic)—History—Fiction. | Croix des Bouquets (Haiti)—History—Fiction. | Spanish-language materials—Bilingual.
Classification: LCC PZ73 (ebook) | LCC PZ73 .O7175 2019 (print) | DDC [E]—dc23
LC record available at https://lccn.loc.gov/2018035116

♾The paper used in this publication meets the requirements of the American National Standard for Permanence of Paper for Printed Library Materials Z39.48-1984.

Printed in China on October 2018–January 2019
by Midas Printing International Limited
7 6 5 4 3 2 1

To Cathy, my Dominican and Haitian brothers and sisters (especially Linda) and to all the children, men and women of Community School District 14.
—RMO

Creativity is a doorway to making a difference in our own unique and personal way. I dedicate this work to everyone who thinks outside the box.
—RC-M

Para Cathy, mis amigos dominicanos y haitianos (especialmente Linda) y todos los niños, hombres y mujeres del Distrito Escolar Comunitario 14.
—RMO

La creatividad es un umbral que nos permite hacer una diferencia única y personal. Le dedico esta obra a todos los que son creativos.
—RC-M

"Sofi, what's wrong?" Esmeralda asked her little sister.

"I had a horrible day. I didn't get to go up a level in reading. I missed five words on my spelling test. And I didn't finish my color wheel!"

"But you love art class," said Esmeralda. "What happened?"

"I couldn't make the color purple," said Sofi with tears in her eyes.

✿ ✿ ✿

—Sofi, hermanita, ¿qué te pasa? —preguntó Esmeralda.

—¡Tuve un día horrible! No subí de nivel en la lectura. Saqué cinco mal en mi examen de ortografía. Y, ¡no pude terminar mi rueda de colores!

—Pero a ti te encanta la clase de arte —dijo Esmeralda—. ¿Qué pasó?

—No pude crear el color violeta —dijo Sofi con lágrimas en los ojos.

"Sofi, I'm sorry," said Esmeralda, giving her a hug. "Things will get better."

Glancing across the street, Sofi spotted a snow cone vendor. "Esmeralda, can I get one?"

Esmeralda nodded and gave Sofi a dollar.

✿ ✿ ✿

—Lo siento mucho, Sofi —dijo Esmeralda, abrazándola—.Todo se resolverá.

Al otro lado de la calle Sofi vio un piragüero.

—Esmeralda, ¿puedo comprar una piragua?

Esmeralda asintió y le dio un dólar.

"Cherry, please," said Sofi.

The man shaved ice into a paper cone and then covered it with red syrup.

Sofi noticed a garden behind the vendor. She decided to take a look while enjoying her sweet treat.

❂ ❂ ❂

—De cereza por favor —dijo Sofi.

El piragüero guayó el hielo, lo puso en un cono de papel y lo bañó con sirope color rojo.

Sofi se fijó en el jardín detrás del vendedor. Decidió entrar para dar un vistazo mientras saboreaba su golosina.

"Hi. I'm Doña Chepa and this is where I paint," said a woman, her hands full of brushes. "Come in. Look around."

Sofi walked into the garden, admiring the colorful flowers and plants.

—Hola, soy doña Chepa y aquí es donde pinto —dijo una mujer, tenía las manos llenas de pinceles—. Ven, pasa.

Sofi entró al jardín para disfrutar de las flores y plantas de colores.

Sofi came to a wall where someone had begun painting big, leafy plants. One leaf was painted blue, another yellow. In some places, the two colors came together to make a bright emerald green. Sofi ran her fingers over the layers of bumpy paint.

❁ ❁ ❁

Sofi se acercó a una pared donde alguien había empezado a pintar unas plantas con unas hojas enormes. Una hoja estaba pintada azul, otra amarilla. En algunas partes, ambos colores se mezclaban para hacer un reluciente verde esmeralda. Sofi tocó la pared y sintió la textura de las capas de pintura.

Suddenly, Sofi found herself in San Pedro de Macorís surrounded by plants, just like the ones in the painting! She saw a boy strumming a guitar and singing.

"Hi, I'm Sofi. What are you doing?"

"I'm Juan Luis, and I'm practicing my new song," he said.

"Why?"

"Well, when I grow up, I want to compose and sing songs," Juan Luis explained. "Want to help me finish this one?"

Sofi was quiet for a moment. "I don't know anything about composing songs."

De repente, Sofi se halló en San Pedro de Macorís rodeaba ¡de las mismas plantas de la pintura! Vio a un muchacho tocando una guitarra y cantando.

—Hola, soy Sofi. ¿Qué haces?

—Soy Juan Luis y estoy practicando una canción nueva.

—¿Por qué?

—Bueno, cuando sea grande quiero componer y cantar canciones —explicó Juan Luis—. Oye, ¿quieres ayudarme a terminarla?

Sofi guardó silencio por un momento. —No sé nada de cómo componer canciones.

"It's not that hard. I just need help finding a word that rhymes with sea. Listen:

> I'm just *a rainbow of colors,*
> *dancing my way through the sea,*
> *painting my memories and stories. . .* "

Sofi thought for a moment. "How about: *My songs and dreams set me free?*"

"That's perfect!" exclaimed Juan Luis.

—No es tan difícil. Sólo necesito ayuda para encontrar una palabra que rime con mar. Escucha:

Soy un arcoíris de colores
bailando con las olas del mar,
pinto mis cuentos, historia y recuerdos . . .

Sofi pensó un ratito. —Qué tal: *"Mis cantos y sueños pueden liberar"*.
—¡Es perfecto! —exclamó Juan Luis.

"Let's share our song with Guerlande. She lives on the other side of the river," said Juan Luis.

"But how will we get across?" asked Sofi.

"It's easy. Just close your eyes and sing."

Sofi closed her eyes and when she opened them again, she found herself soaring over the Artibonite River. Waves of blue, green and white swirled and splashed to the beat of their singing. They glided down to Croix-des-Bouquets in Haiti.

—Compartamos nuestra nueva canción con Guerlande. Ella vive al otro lado del río —dijo Juan Luis.

—Pero, ¿cómo vamos a cruzar el río? — preguntó Sofi.

—Bien fácil. Cierra tus ojos y canta.

Sofi cerró los ojos y cuando los abrió de nuevo vio que estaban volando sobre el Río Artibonite. Las olas azules, verdes y blancas bailaban y salpicaban al ritmo de su canto. Aterrizaron en Croix-des-Bouquets en Haití.

Guerlande was in her workshop making a squiggly lizard sculpture.

"Hi, Guerlande! Want to hear a new song?" said Juan Luis. "My friend Sofi helped me finish it."

"Of course I do!" she said and picked up a güira to play along.

Juan Luis and Sofi sang their song up to the last line: "*My songs and dreams set me free.*"

❌ ❌ ❌

Guerlande estaba en su taller haciendo una escultura de una lagartija juguetona.

—Hola, Guerlande, ¿quieres escuchar una canción nueva? —preguntó Juan Luis—. Mi amiga Sofi me ayudó a terminarla.

—¡Claro que sí! —dijo y tomó una güira para acompañarlos.

Juan Luis y Sofi cantaron su canción hasta el último verso: "*Mis cantos y sueños pueden liberar*".

After the song, Guerlande showed them her new artwork: a humongous metal mermaid.
"I want to add some purple to the tail but I can't seem to make the right shade," she said.
"Sofi, since you helped with the song, would you like to help me?"
"W-w-well, I don't know if I can," stuttered Sofi. "But, I'll try."

✕ ✕ ✕

Después de la canción, Guerlande les mostró su nueva obra de arte: una gigantesca sirena de metal.

—Me gustaría agregar un poco de violeta a la puntita de la cola pero no logro hacer el tono correcto —dijo.

—Sofi, como ayudaste con la canción, ¿te gustaría ayudarme a mí?

—Pu-pu-pues, no sé si pueda . . . —tartamudeó Sofi—. Pero, lo voy a intentar.

With shaky hands, Sofi poured red paint onto a palette. Then she added a little bit of blue. She swirled the two colors together, added some more red and then a little more blue. A beautiful purple appeared like magic!

Carefully, Sofi began painting the mermaid's tail.

Con las manos temblorosas, Sofi puso pintura roja en una paleta. Después agregó un poco de azul. Mezcló los dos colores, añadió otra gotita de rojo y luego un poco más de azul. ¡Apareció un violeta esplendoroso como por arte de magia!

Con cuidado, Sofi empezó a pintar la cola de la sirena.

"Sofi, what are you doing? We've got to get home," said Esmeralda, annoyed.

Sofi found herself back in the garden. "Give me one minute," she said and ran over to Doña Chepa. She asked if she could paint one of the flowers on the wall.

Doña Chepa smiled and nodded.

—Sofi, ¿qué tú estás haciendo? Tenemos que ir a casa ya —dijo Esmeralda, molesta.

Sofi estaba de nuevo en el jardín.

—Dame un momentito —dijo Sofi y se acercó a doña Chepa. Le preguntó si podía pintar una de las flores de la pared.

Doña Chepa le sonrió y asintió con la cabeza.

With steady hands, Sofi mixed red with a bit of blue. As she swirled the colors together, a beautiful purple color appeared like magic.

"Wow! When did you learn to make purple?" Esmeralda asked.

"I guess I always knew. I just needed a little help from my friends," said Sofi, painting and singing softly, *"My songs and dreams set me free."*

Con manos firmes, Sofi mezcló el rojo con un poco de azul. Al mezclar los dos colores apareció un violeta esplendoroso como por arte de magia.

—¡Wepa! ¿Cuándo aprendiste a crear el color violeta? —preguntó Esmeralda.

—Creo que siempre lo supe. Sólo hacía falta un poco de ayuda de mis amigos —dijo Sofi mientras pintaba y cantaba en voz baja—, *Mis cantos y sueños pueden liberar.*

Glossary

Artibonite River is the longest and most important river in Haiti and the longest river on the island of Hispaniola. This river is part of the international border between Haiti and the Dominican Republic.

Croix-des-Bouquets is a town located eight miles to the northeast of Haiti's capital city Port-au-Prince, where metal art was born.

Güira is a Dominican percussion instrument made of a metal sheet and played with a wooden stick; it is often used in merengue-style music. It is similar to the Puerto Rican *güiro* and the Cuban *guayo* instruments.

Guerlande (Guerlande Balan) is a Haitian sculptor who began creating art when she was ten years old. She started by learning how to burn out barrels, sand drums smooth and pound them flat.

Juan Luis (Juan Luis Guerra) is a Dominican singer, songwriter, composer and producer who plays the guitar and the piano. His music mixes *merengue, bolero* and an Afro-Latin fusion. He is one of the most internationally recognized Latino artists and has sold more than 300 million records.

San Pedro de Macorís is one of the largest cities of the Dominican Republic on the island of Hispaniola. A large number of the people who live there are descendants of Afro-Caribbean workers who migrated to the Dominican Republic from the Lesser Antilles.

Glosario

Río Artibonite es el río más largo e importante de Haití y el más largo de la isla de Hispaniola. También es parte de la frontera internacional entre Haití y la República Dominicana.

Croix-des-Bouquets es un pueblo haitiano localizado a ocho millas al noroeste de la capital de Haití, Puerto Príncipe, en donde nace el arte de metal.

Güira es un instrumento de percusión dominicano hecho de una lámina de metal que se toca con un palito de madera y que frecuentemente se usa para el merengue. Es parecido al güiro puertorriqueño y al guayo cubano.

Guerlande es la escultora haitiana Guerlande Balan que empezó creando arte de metal a los diez años. Ella aprendió a preparar los barriles quemándolos, lijándolos y golpeándolos hasta aplanarlos.

Juan Luis es un cantante, arreglista, compositor y productor dominicano. Juan Luis Guerra también toca la guitarra y el piano. Su música mezcla merengue, bolero y una fusión afro latina. Es uno los artistas más reconocidos internacionalmente y ha vendido más de 300 millones de discos.

San Pedro de Macorís es una de las providencias más grandes de la República Dominicana en la isla de Hispaniola. Un gran número de sus habitantes son descendientes de trabajadores afro-caribeños que migraron de las Antillas Menores a la República Dominicana.

Information about Metal Art

Metal art was born in Croix-des-Bouquets, where companies from the capital city of Port-au-Prince would dump empty metal drums. In the 1950s, a local blacksmith, Georges Liautaud, combined metal drum parts with iron bars to make elaborate crosses and this became a new craft tradition. For some time, only men made this art. Now, men and women, boys and girls hammer and paint metal sculptures. The artisans begin learning from their parents, siblings or neighbors at an early age. First, they make their "canvas" by burning the metal in a dry banana leaf fire. Then, they cut the drum and pound the piece flat with a hammer. After that they draw patterns with chalk and carve it out using a hammer and chisel. They finish by using a steel brush to shine the metal sculpture and adding a topcoat to prevent the sculpture from rusting.

Información sobre el arte de metal

El arte de metal nació en Croix-des-Bouquets en donde las fábricas de la ciudad capital de Puerto Príncipe deshechaban barriles de metal vacíos. En los años cincuenta, Georges Liautaud, un herrero, combinaba trozos de los barriles con el hierro para fabricar cruces de metal elaboradas, y esto se convertió en una nueva tradición artesanal. Por un tiempo, sólo los varones hacían este arte. Pero hoy en día, los hombres, las mujeres, los muchachos y las muchachas martillan el metal y pintan las esculturas de metal. Los artesanos empiezan aprendiendo con sus padres, hermanos o vecinos a una temprana edad. Primero crean un "lienzo" quemando el metal en un fuego de hojas secas de guineo. Luego cortan los barriles y con un martillo los golpean hasta aplanarlos. Después de eso dibujan patrones con tiza y los cortan con un martillo y un cincel. Al final usan un cepillo para sacarle brillo a la escultura de metal y después la cubren con barniz para prevenir que se oxide.

Raquel M. Ortiz was born and raised in Lorain, Ohio. She has been making art, singing songs and telling stories ever since she was a little girl. She is the author of *Sofi and the Magic, Musical Mural / Sofi y el mágico mural musical* (Piñata Books, 2015). She has worked at The Brooklyn Museum, the Allen Memorial Art Museum and El Museo del Barrio. Currently she creates educational material for the Puerto Rican Heritage Cultural Ambassadors Program at Hunter College's Center for Puerto Rican Studies. For more information, visit https://colorespublishing.wordpress.com/about/.

Raquel M. Ortiz nació y creció en Lorain, Ohio. Ha estado haciendo arte, cantando canciones y contando cuentos desde que era una niña pequeña. Es autora de *Sofi and the Magic, Musical Mural / Sofi y el mágico mural musical* (Piñata Books, 2015). Ha trabajado en el Museo de Brooklyn, el Allen Memorial Art Museum y El Museo del Barrio. En la actualidad escribe material educativo para el programa Puerto Rican Heritage Cultural Ambassadors del Centro de estudios puertorriqueños de Hunter College. Para más información, visite https://colorespublishing.wordpress.com/about/.

❁ ❁ ❁

Roberta Collier-Morales has illustrated numerous books for kids, including *Salsa* (Piñata Books, 1998). She is a member of The Society of Children's Book Writers and Illustrators, and continues to hone her writing skills. Illustrating stories is one of her greatest joys and some day she hopes to create the art for one she has written. She started her career in New York City, where she married and had two children, both of whom are now adults, before moving back to her home state of Colorado. Bobbi has two cats, two dogs and a great love for nature. Her children are artists too, and Bobbi is happy to have two wonderful grandchildren.

Roberta Collier-Morales ha ilustrado muchos libros infantiles, entre ellos *Salsa* (Piñata Books, 1998). Es miembro de The Society of Children's Book Writers and Illustrators, y continua perfeccionando su escritura. Uno de sus placeres más grandes es ilustrar historias y espera algún día ilustrar una historia escrita por ella. Empezó su carrera en la ciudad de Nueva York, donde se casó y tuvo dos hijos, que ahora son adultos, antes de volverse a su estado natal de Colorado. Bobbi tiene dos gatos, dos perros y ama la naturaleza. Sus hijos también son artistas, y Bobbi está feliz de tener dos nietos maravillosos.